25677

ODE

LE RETOUR DE L'EMPEREUR

EN FRANCE.

ODE

SUR

LE RETOUR DE L'EMPEREUR

EN FRANCE,

AU MOIS DE MARS 1815.

Par M. LAURENCEAU,

Chef de Bureau à la Préfecture du Département.

A PARIS.

1815.

PRÉFACE.

Dans la production, bien imparfaite sans doute, que je soumets aujourd'hui au jugement du public, j'ai plutôt consulté mon zèle que mes forces ; mais en retraçant une partie des bienfaits que nous devons à l'homme extraordinaire qui a élevé si haut la gloire de la Nation, qui pourrait ne pas se sentir animé d'un souffle divin ? Si l'indignation peut échauffer un instant la verve, l'admiration produit l'enthousiasme poétique, et Juvénal aurait pu dire :

Facit admiratio versum (1).

Si j'ai été si fort au-dessous de mon sujet, c'est que le sujet était trop au-dessus de toutes les facultés humaines, et je n'ai pas, plus que les autres, l'art de calculer les incommensurables.

Je n'attribuerai point, suivant le noble usage de mes confrères, la médiocrité du poëme à la célérité de sa composition, je rencontrerais quelqu'Alceste de mauvaise humeur qui me répondrait :

Voyons, monsieur, le temps ne fait rien à l'affaire (2).

---

(1) Juvén. Sat.
(2) Molière, Misant.

J'avoue, au contraire, que la plus grande partie des strophes était composée bien avant l'arrivée de l'Empereur. Celles que j'ai ajoutées depuis forment le plus petit nombre; et si je n'ai pas fait mieux, c'est le talent, non le temps, qui m'a manqué.

J'ai parlé des ministres avec éloge, mais sans flatterie; j'ai le genou trop roide pour m'agenouiller devant les grands. J'ai donné à M. Carnot une âme acerbe et fière; que cette épithète lui déplaise ou non, je ne m'en inquiète ni m'en applaudis. Je n'ai pas dû être plus poli qu'Horace, qui a dit, en parlant de Caton :

Præter animum atrocem Catonis (1).

Le caractère farouche du Caton français me plaît. J'aime son désintéressement, qui n'est à personne mieux prouvé qu'à moi. Ce n'est pas ici le lieu d'en dire la raison ; mais avoir occupé tant de places éminentes et ne s'être pas enrichi, c'est justifier le mot d'Horace, *præter animum atrocem Catonis.*

On aurait tort de me reprocher le silence que j'ai gardé sur le chef du dernier gouvernement. Je ne sais pas battre les gens à terre; il y avait de la lâcheté à insulter au malheur, il y avait de l'injustice à outrager sa personne.

_____

(1) Horat. Od.

Nous devons notre régénération aux folles prétentions de ces bandes parasites qui, rentrées avec leurs vieux préjugés, voulaient changer tout, brouiller tout, faire des lois à leur mode, et nous reporter au 17ᵉ. siècle. Déjà leurs noms ne pouvaient plus figurer dans les actes publics qu'escortés de titres ridicules et avec les anciennes qualifications de *très-haut, très-grand et très-puissant*, et l'on commençait à revoir dans les affiches et sur les placards : *Terre patrimoniale et seigneuriale à vendre.* On traitait même d'avance de l'expectative des droits féodaux qu'on s'attendait à recouvrer. Bientôt nos Vocabulaires français se seraient enrichis des termes précieux de *bichenage, puginère, coponage, muyage, leude, tonlieu, agriers, cens, lods, quint et requint.* Nous aurions eu des seigneurs hauts, moyens et bas-justiciers, des coutumes particulières pour chaque canton, quelques centaines de commentateurs de plus, et la France, toute féodale, serait redescendue à cet état de perfection que le nouvel ordre de choses lui avait fait perdre.

Comment un séminariat de vingt-cinq ans ne les a-t-il pas ramenés à des idées plus justes ? N'ont-ils pas eu le temps de méditer dans leur retraite sur la source de la véritable noblesse, d'apprendre que celle héritée d'ancêtres, souvent incertains, n'est qu'une vaine chimère; que se targuer de titres acquis par ses pères, c'est vouloir être loué pour les actions d'autrui?

> *Qui genus jactat suum,*
> *Aliena laudat* (1).

Qu'il importe peu au bien de l'Etat que tel descende en ligne droite ou courbe d'un héros, s'il n'est héros lui-même,

> Que la postérité d'Astolphe ou de Bayard,
> Quand ce n'est qu'une rosse, est vendue au hasard (2);

et que dans un jour de combat, un noble de seize quartiers vaut moins qu'un grenadier sans quartier?

Ces messieurs sont restés stationnaires, tandis que nous avancions vers le flambeau de la raison; voilà pourquoi nous ne nous trouvons plus dans le même parallèle.

Il me reste à répondre à ceux qui trouveraient cette pièce trop longue: Si elle est bonne, elle sera trop courte; si elle est mauvaise, qu'ils suivent le conseil de Jean-Baptiste :

> Ami lecteur, voilà bien du mystère;
> Faites-la courte en ne la lisant point.

---

(1) Senec. Herc. fur.
(2) Boileau.

ODE

LE RETOUR DE L'EMPEREUR

EN FRANCE.

~~~~~~~~~~~~~~~~~~~

Un an s'est écoulé depuis qu'un saint délire
Ne fait plus résonner les cordes de la lyre ;
Nous avions oublié le langage des Dieux.
Tels les fils de Sion, sur une terre ingrate,
      Aux saules de l'Euphrate (1)
Suspendaient sans honneur leurs luths silencieux.

Mais sur le lys tombé de sa tige flétrie,
Quand l'Aigle a reconquis ses droits et sa patrie,
Modernes Amphions, ranimez vos concerts ;
La carrière est ouverte à vos chants poétiques :
      Les siècles héroïques
Ont été de tout temps les siècles des beaux vers.

---

(1) *In salicibus in medio ejus suspendimus organa nostra.*
                   (Psalm. 136, v. 2.)

O si d'un feu nouveau le dieu de l'harmonie,
En faveur de mon zèle échauffant mon génie,
M'ouvrait de l'Hélicon les sublimes trésors,
Je franchirais ces monts connus des seuls Orphées,
        Où les savantes Fées
De leurs chastes amans accueillent les transports.

Je dirais, quelle ivresse exalte tes provinces,
Terre de liberté, quand le plus grand des Princes
Vient ressaisir le trône où l'ont placé nos vœux!
Chêne battu des vents, au fort de la tempête
        Il n'a courbé la tête
Que pour lever plus fier, son front majestueux.

Vous guerriers qu'il aima, Castiglione, Raguse,
Que l'honneur désavoue et que la France accuse;
Vous qui tenez de lui l'éclat dont vous brillez,
Avez-vous pu trahir la cause de sa gloire,
        Et léguer à l'histoire
Vos noms, jadis fameux, par le crime souillés?

Ingrats! n'était-ce plus ce héros qu'à la France
Le ciel consolateur donna dans sa clémence
Pour arrêter le cours de nos calamités ;
Lorsqu'après tant de maux sa bonté magnanime
        Voulut fermer l'abîme
Qu'avait creusé la main de nos iniquités ?

Jours de terreur, ô jours honteusement célèbres,
Jours d'horreur et de deuil où l'ange des ténèbres
Couvrait le sol natal de sang et de tombeaux !
Où noircis de forfaits et de meurtres avides
      Des tyrans homicides
De l'État déchiré s'arrachaient les lambeaux.

Napoléon paraît ; les discordes civiles
Exhalent en fuyant leurs clameurs inutiles :
L'anarchie aux enfers se replonge à sa voix.
Les factions sans frein à ses pieds étouffées,
      En mordant ses trophées,
Rugissent d'expirer sous le sceptre des lois.

Par l'ascendant vainqueur de son puissant génie
L'ordre renaît ; Thémis, depuis long-temps bannie,
Poursuit, le glaive en main, les crimes détrônés ;
Et le fleuve épuré des richesses publiques,
      Par des canaux obliques
Ne voit plus ses flots d'or de leur cours détournés.

Le vice est réprimé, la licence abattue ;
Sous l'égide des mœurs la pudeur défendue
Ne craint plus de l'impur l'attentat criminel.
Les temples sont rouverts ; Solyme de son culte
      A vu venger l'insulte,
Et l'homme a reconquis les droits de l'Eternel.

Rois qui, dans les accès d'un aveugle délire,
Troublâtes tant de fois la paix de son Empire,
Quel poids de sa vengeance avez-vous ressenti ?
Si la soif de détruire eût guidé ses colonnes,
    De vos antiques trônes
Jusqu'au Wolga tremblant la chute eût retenti.

Ne l'avez-vous pas vu, renversant les barrières
Qu'opposaient à son bras vos phalanges guerrières,
Décider, en un jour, du sort de vos États ?
Vous frémissez encor lacs de la Moravie,
    Et de morts assouvie
Wagram à peine a bu le sang de vos soldats.

Dans vos murs dévastés si tant de funérailles
Ont lassé les fureurs du démon des batailles,
En accuserez-vous le Monarque français ?
Vous forciez sa valeur à reprendre les armes,
    Et du champ des alarmes
Il vous tendait encor l'olivier de la paix.

Heureux que les déserts voisins du char de l'Ourse
Par des remparts de glace aient arrêté sa course !
Vous alliez voir du Nord crouler les fondemens ;
Il vous fallait l'appui de la nature entière,
    Et notre ardeur guerrière
N'a, dans ce choc affreux, cédé qu'aux élémens.

Sur nos débris sanglans la Muse de l'histoire
Grave des faits du siècle ou la honte ou la gloire,
Dira qu'il fut vainqueur et qu'il sut pardonner.
Et vous, lorsque du sort la rigueur trop commune
   Incline sa fortune,
Vous le craignez assez pour l'oser détrôner.

Grand Dieu ! de nos destins un Sarmate est l'arbitre !
Les enfans des bannis, rois par lui, rois sans titre,
Sous un pacte honteux nous forcent de ployer !
Et pour gage sacré de l'amour qu'ils nous portent,
   En dot ils nous apportent
Leurs préjugés à suivre et leur dette à payer.

De lâches Philistins dégradant nos milices,
Reprochent aux guerriers leurs vieilles cicatrices,
Outragent la valeur et Samson terrassé !
Mais trop tôt du pouvoir ils ont goûté l'amorce,
   Samson reprend sa force;
Il a levé son bras.... et leur règne a cessé !

Tu revois le Héros qui fonda ta puissance.
France, réveille-toi brillante d'espérance ;
Parmi les nations reprends ta dignité ;
Et de ton sein plus pur rejette ces esclaves
   Qui sur le champ des braves
Soufflaient la sécheresse et la stérilité.

J'ai percé l'avenir ; déjà l'illustre épouse,
Du fleuve hospitalier quitte l'onde jalouse,
S'avance et fend les flots d'un peuple adorateur ;
Tandis que de ses dons chargés encor, les traîtres
   Qui livrèrent leurs maîtres
Vont, loin de ses regards, cacher leur déshonneur.

Au bord de l'Orient ainsi l'Aurore étale
Son manteau de rubis et sa robe d'opale,
Quand sa main vient ouvrir la porte au dieu du jour.
Les oiseaux rassemblés sur les branches nouvelles,
   En agitant leurs ailes,
Par des concerts rivaux célèbrent son retour.

La déité voguant sur son char de lumière
Rend aux champs émaillés leur pompe printanière ;
Son rayon fait pâlir les astres de la nuit,
Et des spectres hideux, des fantômes funèbres,
   Vils enfans des ténèbres,
L'impur essaim loin d'elle ou se cache ou s'enfuit.

Régnez, Princesse auguste à nos destins promise ;
Sur la Seine, à vos lois fière d'être soumise,
Faites briller ces dons qui subjuguent les cœurs :
Et puisse leur attrait, par un heureux prestige,
   Effacer le vestige
Et le long souvenir de nos derniers malheurs !

Peuple ! dépose enfin le deuil des jours sinistres ;
Ton Prince à ses conseils appelle des ministres
Dont la publique estime a consacré le choix.
Le mensonge flatteur fuit leur bouche ingénue,
      Et la vérité nue,
La vérité terrible, ils l'osent dire aux Rois.

Thémis aux mains d'un sage a remis sa balance ;
L'austère intégrité règle, épargne, dispense
Les trésors dont pour nous l'Etat va s'enrichir ;
Et les arts fleuriront sous ce Caton sévère,
      Dont l'âme acerbe et fière
Sous l'abus du pouvoir n'à jamais su fléchir.

FIN.

De l'Imprimerie de LEFEBVRE, rue de Lille, n°. 11.